ASTAROTH

OPÉRA-COMIQUE EN UN ACTE

PAROLES

DE M. HENRY BOISSEAUX

MUSIQUE

DE M. DEBILLEMONT

— 1 franc —

PARIS

LIBRAIRIE DE J. BARBRÉ, ÉDITEUR

12, BOULEVARD SAINT-MARTIN, 12

ASTAROTH

OPÉRA-COMIQUE

Représenté, pour la première fois, à Paris, sur le Théâtre Lyrique,
le 25 janvier 1861.

ASTAROTH

OPÉRA-COMIQUE EN UN ACTE

PAROLES

DE M. HENRY BOISSEAUX

MUSIQUE

DE M. DEBILLEMONT

PARIS

LIBRAIRIE DE J. BARBRÉ, ÉDITEUR

12, BOULEVARD SAINT-MARTIN, 12

1861

PERSONNAGES

—

ULRICH. . . . . M. D. RIQUIER.

THÉCLA. . . . . Mlle GILLIESS.

MAGNUS. . . }
ASTAROTH. . } même rôle.. . . . M. WARTEL.

CHŒURS.

La scène se passe à Heidelberg.

S'adresser, pour la mise en scène, à M. ARSÈNE, régisseur général.
au Théâtre Lyrique.

ASTAROTH

Une petite chambre très-simple. Porte à droite; porte au fond. Alcôve avec rideaux de serge. Bahut. Une fenêtre démantelée laisse apercevoir un site sauvage et des cimes de rochers. Une grande cheminée où fument les restes d'un feu à moitié éteint.

SCÈNE PREMIÈRE

THÉCLA, comptant des florins dans une petite cassette.

AIR.

O mes beaux écus d'or,
Cher trésor,
Que j'ai, comme une avare,
Lentement amassé,
Caressé !
Pour moi quel bonheur se prépare !
Quand Ulrich, bien souvent,
Te semait au vent,
A toute heure,
Par mes soins tu rentrais
Dans notre demeure...
Et moi, j'espérais.
Lorsqu'à la vieille église
Je mettrai demain
Ma main dans sa main,
Je veux jouir de sa surprise !
Puis je sourirai...
Et je lui dirai :

Tu vois si je t'aime!
Aime-moi de même!
Jusque-là, garde encor,
Cher trésor,
Le secret de mon âme...
Avant d'être sa femme,
Je veux
Voir si nous pouvons être heureux
Tous les deux!

RÉCITATIF.

Mais cachons mon secret... il pourrait le surprendre!...
L'ombre des nuits s'épand au ciel serein...
Ulrich ne revient pas!... Qu'importe! pour l'attendre,
Reprenons mon travail, ainsi que mon refrain.

(Elle s'assied et file).

STRETTE.

Il était une fillette
Qui des larrons avait peur,
Et pour se donner du cœur
Alors qu'elle était seulette,
Elle chantait cet air-là...
La, la, la, la, la, la, la.

Sur le chemin d'amourette
S'égarait un beau chasseur;
Il sentit battre son cœur
Au doux chant de la pauvrette,
Et dans sa chambre il monta...
Trala, la, la, la, la, la, la.

Il part, mais de la pauvrette
Il part, en emportant le cœur;
Loin de crier au voleur,

La belle resta muette.
Et ce fut lui qui chanta
D'un air vainqueur ce chant-là :
Tra la, la, la, la, la, la.

Ah! craignez ce chant-là.
Toujours il attira
Les voleurs; et voilà
Comment finit ce conte-là.

On frappe! c'est lui sans doute! non! c'est monsieur
Magnus.

SCÈNE II

THÉCLA, MAGNUS.

MAGNUS.

Lui-même! est-ce que je vous fais peur?

THÉCLA.

Dame!

MAGNUS.

C'est drôle! je produis cet effet sur tous les bourgeois
d'Heidelberg... Des coquins qui ont peur de leur ombre,
et qui prétendent que je suis sorcier... Ça ne leur arri-
vera jamais de l'être! Mais vous, mignonne, vous qui
me connaissez...

THÉCLA.

Vous venez sans doute pour ces planches gravées?...

MAGNUS.

Que je vous paye si cher?... Non pas précisément; ce
soir je viens, mignonne, pour vous donner...

THÉCLA.

Quoi donc?...

MAGNUS.

Un conseil.

THÉCLA.

Un conseil ?...

MAGNUS.

Est-ce vrai que demain vous épousez ce mauvais sujet d'Ulrich?

THÉCLA.

Oui, monsieur Magnus ; demain, au point du jour, tous nos amis viendront nous prendre ici pour nous conduire à l'église.

MAGNUS.

Vous l'épousez?... sans plus de réflexions?

THÉCLA.

Des réflexions! voici bientôt deux ans que j'en fais,

MAGNUS.

Ce n'est guère... vous devriez réfléchir encore, ça vous éviterait de faire une fameuse sottise! On n'épouse pas Ulrich.

THÉCLA.

Et pourquoi?... c'est pourtant un parfait ouvrier.., puis il a du talent!...

MAGNUS.

Comme ouvrier, il fait des dettes... et comme talent, il a celui de jouer, de boire, de... avec ça, on est bien sûr de faire une bonne maison.

THECLA.

N'importe, j'ai promis.

MAGNUS.

Promis, quoi?...

THÉCLA.

D'être sa femme. Sa mère m'avait élevée par charité ;
elle m'a demandé ça comme une grâce à sa mort... et je
dois lui payer cette dette de cœur.

MAGNUS.

Si tu écoutes ton cœur !... en épousant Ulrich tu épouses
la misère.

THÉCLA.

La misère... j'y suis faite...

MAGNUS.

Ta ta ta ! la laideur ne s'y ferait pas, mais toi !...
radieusement parée de tes beaux dix-huit ans, tu ne peux
pas rester entre ces quatre vieux murs ?... Quel contre-
sens !... Viens que je t'enseigne la vie.

PREMIÈR COUPLET.

La vie est un grand chemin·
Où le faible ne voit goutte ;
Pris entre hier et demain,
Son esprit tâtonne et doute ;
Mais, à moins d'être un grand sot,
On en lit le dernier mot.
  Narguer toutes choses,
  Défier le sort,
  Des esprits moroses
  Se moquer bien fort,
  Telle est ma maxime ;
  En dépit du droit
  Tout est légitime.
  Quand on est adroit,
  Croyez-le, fillette,
  Qui vivra verra,
    Larirette !
Mais qui tout d'abord rira,
N'aura pas tort, larira !

DEUXIÈME COUPLET.

Vous n'en êtes qu'au début,
Sachez-le, belle mignonne,
Et loin d'entrevoir le but,
De tout votre esprit s'étonne;
Entre le mal et le bien
Optez, voici le moyen:
 Ce qui charme une âme,
 Le bien le défend;
 Le mal vous réclame.
 Venez, chère enfant;
 Honnête et jolie,
 Vous mourez de faim,
 Vite, à la folie
 Livrez-vous enfin.
 Croyez-le, fillette,
 Qui vivra verra,
  Larirette!
Mais qui tout d'abord rira,
N'aura pas tort, larira!

Qu'en dis-tu?... tu hésites!... Mais enfin comment feras-tu pour supporter la misère?...

THÉCLA.

Je ferai comme vous... que l'on dit bien avare... je me priverai de tout.

MAGNUS.

C'est joli... mais c'est vrai, et parmi les injures qu'on me jette à la face; celle-là est méritée... jusqu'ici j'ai liardé!...à force de liarder, je suis devenu riche. . (Presque bas.) J'ai dans des caves, connues de moi seul, des tas d'or à tout acheter, les veux-tu?...

THÉCLA.

Je ne vous comprends pas...

MAGNUS, ricanant.

Voyons, Thécla, pour une fille avisée, vous ne voulez rien voir... rien deviner... Je parlerai clairement... je vous aime !...

THÉCLA, surprise, puis riant.

Vous m'ai... (riant.) Pardon, monsieur Magnus, mais j'ai mal entendu.

MAGNUS.

Je t'aime... Qu'y a-t-il là qui puisse t'étonner? Regarde-toi, mignonne, n'es-tu pas jeune, charmante?...

THÉCLA, doucement.

C'est possible, mais regardez-vous, n'êtes-vous pas vieux et laid?

MAGNUS.

Vous trouvez?... J'imagine que les vingt ans d'Ulrich me font du tort.

THÉCLA, naïvement.

Oh! ça! beaucoup!

MAGNUS.

Un joueur, un vaurien !...

THÉCLA.

Assez... vous êtes sous son toit; et lui, monsieur Magnus, n'aurait pas fait ce que vous osez faire.

MAGNUS, durement.

Je le crois, pardieu, bien! Je t'offre la richesse... finissons... ce mariage est impossible !...

THÉCLA.

Impossible?...

MAGNUS.

Je vous ai dit qu'Ulrich n'avait plus rien, j'ai menti :
il a des créanciers et des dettes. J'ai payé les dettes et
racheté les créances, et demain je serai sans pitié. Vous
pouvez le sauver... de la prison... car je compte le four-
rer en prison, cet excellent jeune homme!...

THÉCLA, avec calme.

Vrai, vous ferez cela?

MAGNUS, à part.

Elle est bien tranquille!... Qu'est-ce que cela veut
dire?... (Bruit au dehors.)

THÉCLA, allant ouvrir.

Ah! cette fois, c'est bien lui!...

MAGNUS, à part.

C'est une sotte... Mais avec l'autre, ce sera plutôt fait.

SCÈNE III

Les Mêmes, ULRICH.

ULRICH, légèrement aviné.

Ne vous dérangez pas... Magnus!... (s'approchant de Thécla.)
Pourquoi lui as-tu ouvert?... C'est un créancier... Bonsoir,
vieil usurier !

MAGNUS.

Hein?...

ULRICH.

Pardon !... banquier !... tu viens...

MAGNUS.

Pour vous parler.

ULRICH.

C'est peine perdue... Tiens, vois... mon escarcelle est vide.

THÉCLA.

Ulrich ! vous avez joué ?

ULRICH, tirant un cornet et le posant sur la table.

Pardieu !... j'enterrais ma jeunesse (A part.) et mon der nier florin avec. Mais demain, je me range.

MAGNUS.

Permettez...

ULRICH.

Je permets... tu veux me parler seul à seul ?

MAGNUS.

Seul à seul, en effet.

ULRICH.

Rentre chez toi, Thécla, mais, avant de rentrer, sers-nous du vin, du genièvre !... C'est très-rafraîchissant ; ce bon monsieur Magnus sera content de prendre quelque chose ; c'est dans ses habitudes !

MAGNUS.

Je n'ai besoin de rien.

ULRICH.

Tu l'entends, il a soif. Et maintenant, laisse-nous. Pourquoi diable lui as-tu ouvert ?... (Thécla, après avoir apporté des bouteilles, rentre chez elle.)

SCÈNE IV

ULRICH, MAGNUS, assis tous deux.

ULRICH.

Et maintenant, tu peux parler, vieux lingot d'or.

1.

MAGNUS.

J'ai l'honneur d'être votre créancier !...

ULRICH.

Tu crois ?...

MAGNUS.

J'en suis sûr. J'ai racheté vos créances.

ULRICH.

Une triste spéculation que tu as faite !...

MAGNUS.

Vous comprenez ce qui m'amène ?...

ULRICH.

Il n'y a que les sots qui ne comprennent pas ; j'ai de l'esprit en raison du vin que je bois... je suis énormément spirituel, ce soir.

MAGNUS.

Je viens vous réclamer ce que vous savez.

ULRICH.

Ma foi, non, je ne sais pas au juste, mais enfin, c'est ton droit...

MAGNUS.

Voulez-vous me payer ?...

ULRICH.

Ce serait mon devoir, mais ce n'est pas mon habitude ; demande à ceux qui sont dans le même cas que toi, si je leur ai jamais donné quelque chose ; s'ils te disent : Oui ! je consens à te devoir le double de ce que tu m'as prêté.

MAGNUS.

Alors...

ULRICH, *se versant à boire.*

Un moment. J'ai le gosier sec... comme ton cœur... A
ta santé, Magnus!... Maintenant, gronde, menace, je t'é-
coute avec intérêt... Un jeu de mots plein d'à-propos que
e fais là! ris donc, escroc.

MAGNUS.

Plaît-il?...

ULRICH, *riant.*

Je t'appelle escroc. .

MAGNUS.

J'entends bien, oh! je sais quelle réputation vous me
faites.

ULRICH, *se levant.*

C'est, pardieu! toi, qui te la fais. Et c'est même la seule
chose que tu n'aies pas volée!...

MAGNUS, *patelin.*

Pourtant, loin de vouloir vous causer de la peine, je
viens vous proposer un petit arrangement.

ULRICH.

Toi?

MAGNUS.

Auquel vous souscrirez, je l'espère.

ULRICH.

Possible!... J'en ai déjà tant souscrit!

MAGNUS.

Un petit arrangement amiable.

ULRICH, *étonné.*

Amiable... Magnus, mon ami, vuos êtes fou!

MAGNUS.

Hélas ! oui !... car je suis amoureux, et vous seul pouvez me guérir.

ULRICH.

Amoureux !

MAGNUS.

Vous avez dans vos mains un trésor.

ULRICH.

Vous êtes mal renseigné, mon bonhomme; si j'avais un trésor, il y a longtemps que je ne l'aurais plus.

MAGNUS.

Je m'entends... il s'agit d'une jeune fille... de Thécla.

ULRICH, vivement.

De Thécla !... de ma fiancée... Ah ! plus un mot sur elle !

MAGNUS, à part.

Est-ce qu'il aurait du cœur ? (Haut.) Je vous aurais remis vos créances acquittées !

ULRICH, éclatant.

Suis-je donc tombé si bas, qu'un homme de ton espèce me vienne parler ainsi ! Tiens, si je pouvais croire que tu m'as cru vil au point de consentir à ce honteux trafic... ce siége, je te le jetterais à la tête !...

MAGNUS, lui arrachant l'escabeau des mains.

Prenez garde !... Vous pourriez le casser... Or, vous savez que le mobilier m'appartient. J'ai racheté vos créances.

ULRICH.

Encore !

MAGNUS, à part.

Décidément, il a du cœur... (Haut.) Jeune homme, j'aime
à vous voir ces sentiments... Mais vous m'avez bien mal
compris... en voulant assurer le sort de cette jeune fille...
je pensais mériter votre reconnaissance... du moment où
vous ne pouvez l'épouser.

ULRICH.

Je l'épouse demain.

MAGNUS.

Oh! ne dites pas cela!... Vous avez trop d'honneur pour
y avoir songé!...

ULRICH.

J'ai de l'honneur! et j'y songe et je l'aime!

MAGNUS, faisant semblant de larmoyer.

Eh bien, tant pis pour vous... et surtout pour elle, la
pauvre enfant!... Si vous étiez un homme d'honneur,
comme vous le dites, vous lui éviteriez un semblable
malheur, et quand je songe au sort qui l'attend!...

ULRICH.

Ah! je perds patience!

MAGNUS, changeant de ton.

C'est bon... on s'en va... Vous avez peur de ma sagesse...
de ma sensibilité! Allez, ça ne s'attrape pas comme la
fièvre!... Bonne nuit!... puisse le sommeil vous faire
changer d'idée!... ou gare à vous, demain!... (Il sort.)

SCÈNE V

ULRICH, seul.

Vieux basilic!... vieux drôle!... (Silence.) Oui, mais il a
raison!... et je n'ai pas le droit d'associer Thécla à ma

ruine!... Thécla!... femme d'un joueur, pauvre enfant!
Eh bien, alors, demain, au lieu de nous marier, qu'elle
parte... qu'elle m'oublie. Pourrai-je l'oublier, moi?... Sa
gaieté, son sourire, même ses doux reproches... tout cela,
c'était le seul bon côté de ma vie. Bah! qu'y faire?... Il
faudrait me changer; ce n'est pas possible : dans la vie, il
y a trop de chemins pour le mal, et si peu pour le bien!...
C'est elle! courage!... rendons-lui sa parole, sa liberté!...
et prouvons à monsieur Magnus que, dans la poitrine
d'un joueur, il peut y avoir un cœur d'honnête homme!

SCÈNE VI

THÉCLA, ULRICH.

THÉCLA, entrant par la droite.

Ulrich!

ULRICH.

Thécla!

DUO.

ENSEMBLE.

THECLA.

Je tremble! voici le moment.
O mon cœur, songe à ton serment!

ULRICH.

Courage! voici le moment.
O mon cœur, songe à ton serment!

THÉCLA.

Pour le détourner de la honte,
Pour qu'au bien son âme remonte,
Il faut lui parler doucement.

ULRICH.

Pour la détourner de ma route,
Il faut, il faut, quoi qu'il m'en coûte,
Lui parler durement...
Veiller si tard, ce n'est pas sage.

THÉCLA.

Pour dormir, j'ai trop de souci,
Je songe à notre mariage.

ULRICH.

Sur ma foi, j'y songeais aussi...

THÉCLA.

Et vous pensiez...

ULRICH.

             Que c'est folie,
Folie à toi, jeune et jolie,
De me donner ta liberté,
Tes dix-huit ans et ta gaîté.

THÉCLA, doucement.

Pourquoi? si j'obtiens en échange
Que mon mari soit mon soutien,
Et que votre cœur donne et change
L'amour du jeu contre le mien ?

ULRICH, à part.

O mon Dieu! qu'il faut de courage !

THÉCLA, avec un soupir.

Or, que dites-vous de cela?

ULRICH, brutalement.

Je dis que tu rêves, voilà !

THÉCLA.

Et vous m'éveillez, c'est dommage.

ENSEMBLE.

ULRICH.

Je veux et je dois
Ne pas écouter sa voix
Si douce et si tendre,
Car l'honneur
Me dit de lui rendre
Espoir et bonheur.

THÉCLA.

Je veux et je dois
Invoquer tout bas les droits
D'une amitié si tendre,
Car mon cœur
Me dit de lui rendre
La paix, le bonheur.

ULRICH.

Ainsi, vous voulez...

THÉCLA.

Je persiste!
Jouez autant qu'il vous plaira;
Jouez tout l'or que gagnera
Ulrich l'ouvrier et l'artiste.

ULRICH.

Artiste, moi?

THÉCLA.

Votre talent
Vous donne le droit de dépenser,
Faisant le vide et le comblant;
Nul ne vous grondera, je pense,

ULRICH, riant.

Moi du talent!... Talent, vertu,
Ça veut dire chemin battu.
Non, j'aime la bizarrerie.

THÉCLA.

Aussi, j'y compte, et je parie
Lui devoir votre guérison.
Ce n'est pas si banal d'avoir de la raison!

ULRICH.

De la raison, alors qu'on se marie?
Cela n'est guère de saison.

THÉCLA.

Mais après votre mariage,
En aurez-vous?...

ULRICH.

C'est bien douteux!

THÉCLA, à elle-même.

Alors j'en aurai pour deux!

ULRICH.

O mon serment! ô mon courage!

ENSEMBLE.

THÉCLA.	ULRICH.
Je veux et je dois	Je veux et je dois
Invoquer tout bas les droits	Ne pas écouter sa voix
D'une amitié tendre,	Si douce et si tendre,
Car mon cœur	Car l'honneur
Me dit de lui rendre	Me dit de lui rendr
La paix, le bonheur	Espoir et bonheur.

ULRICH, à part.

Finissons-en! (Haut.) Vois-tu, ma chère enfant, je ne
suis pas fait pour le mariage. D'un autre côté, l'affection...
je veux dire l'intérêt que je te porte, m'engage à te
parler franchement. Pour mon bonheur et pour le tien,
quittons-nous .. sans reproches et comme de bons amis...
Demain tu partiras, tu prendras gaiement la route de la
fortune. Il me reste, je crois, à Nuremberg, une tante...
ma tante Gudule... une vieille qui prêche comme feu
Luther... tu t'en iras chez elle, et vous prierez pour moi...
pour que je me convertisse... mais le plus tard possible.
Qu'en dis-tu?

THÉCLA, froidement.

Je dis non !

ULRICH, avec colère.

Ah! tu peux te vanter d'avoir une tête!...

THÉCLA.

Non! j'ai du cœur! Le mien se souvient de la promesse
que j'ai faite à votre mère.

ULRICH.

Puisque je t'en délie... il est bien évident...

THÉCLA.

Que cela doit suffire! Eh bien, non! vous me voulez
heureuse, vous l'avez dit, Ulrich; sachez donc que je ne
puis l'être qu'ici près de vous!

ULRICH, entraîné,

Que dis-tu!... (s'arrêtant.) Tout cela, c'est fort bien...
mais j'ai mes habitudes... j'aime le jeu, le désordre...
enfin ta présence me gêne...

THÉCLA, *douloureusement.*

Ulrich!

ULRICH, *durement.*

Sans doute! il ne faut pas penser qu'à soi!...

THÉCLA.

C'est bien!... Ulrich, cela suffit! Tant que j'ai pu me croire utile ici, j'ai lutté... désormais.. je vous obéirai; je partirai demain!...

ULRICH, *à part. Se laissant tomber sur une chaise.*

Mon courage est à bout!

THÉCLA, *revenant.*

Qu'avez-vous?

ULRICH.

Rien, rien!

THÉCLA.

Ulrich! vous êtes ému!

ULRICH.

Moi, non; ou plutôt si, je suis toujours ému quand j'ai bu!... Laisse-moi, va-t'en... va dormir!...

THÉCLA.

Je m'en vais! (A part.) Si tout ce qu'il m'a dit n'était pas vrai, pourtant!...

ULRICH.

Eh bien!...

THÉCLA.

Je m'en vais!...

ROMANCE.

PREMIER COUPLET.

Fermez en paix votre paupière,
Il fait nuit et le ciel est noir,

Mais l'aube enfin succède au soir !...
Bientôt sa joyeuse lumière
Luira sur la nature entière.
Bonsoir !...

DEUXIÈME COUPLET.

Fermez en paix votre paupière ;
Malgré tout ce que j'ai pu voir,
Je sens encore un doux espoir...
Le front penché vers la poussière
Je vais réciter ma prière.
Bonsoir !...

SCÈNE VII

ULRICH, seul, avec agitation.

Il était temps !... vingt fois j'ai pensé me trahir... lui dire que je mentais... que... mais j'ai eu du courage... et maintenant tâchons d'oublier tout cela !... je voudrais m'étourdir, secouer toutes mes pensées... Ah! voilà le moyen que je cherchais... (Il s'empare d'une bouteille et d'un verre et boit sans relâche.)

CHANSON.

Vieux vin, seul ami fidèle,
Entends ma voix qui t'appelle,
Remplis mon cœur attristé.
Oh ! hé !

Vieux vin, qui fais qu'on oublie,
En moi répands ta folie ;
L'oubli vaut bien la gaîté.
Oh ! hé !

Désirs d'amour ou de gloire,
Néant, rêve dérisoire !
Tout fuit et trompe ici-bas !
    Hélas !

Le présent?... tempête sombre !...
Le passé ?... trace d'une ombre !
L'avenir?... mot qui n'est pas !
    Hélas !

Rions de ce qu'on envie ;
Rions au nez de la vie,
Au nez du sort courroucé !
    Oh ! hé !...

Et pour voir le monde en rose,
Dans rien ou dans peu de chose
Que notre cœur soit placé !
    Oh ! hé !...

Déjà le charme s'achève ;
Tout fuit comme dans un rêve.
Heureux qui ne pense pas.
    Hélas !

Vin brûlant, roi du mensonge,
Dans tes flots sans regrets je plonge
La raison que je n'ai pas.
    Hélas !

Au feu notre dernier livre !
Savoir ne nous fait pas vivre ;
Et toi, bonheur tant rêvé,
    Oh ! hé !

Bonheur, que chacun espère,
Je te cherche dans ce verre ;
C'est là que je t'ai trouvé.
    Oh ! hé !

(Chancelant et aviné.)

> Le charme opère et fait merveille;
> Dans le fond de cette bouteille
> Enfin j'ai noyé mon souci!...
> Vin du Rhin, cher poison, merci!

(Il tombe renversé sur son lit, dont les rideaux se referment. Au même instant
la lampe s'éteint et la scène reste sombre. — Musique à l'orchestre.)

SCÈNE VIII

Au bout de quelques instants, la porte s'ouvre, et Ulrich reparaît pâle et
fort agité.

ULRICH.

> C'est moi! Qu'ai-je donc fait?... Par la nuit froide et noire,
> Par la route où la neige a mis son blanc linceul,
> J'arrive... Je reviens de chanter et de boire...
> Puis j'ai joué, perdu! Maintenant je suis seul!
> Seul! Mais pourquoi mon cœur inerte
> Semble-t-il s'égarer dans ma maison déserte?...
> Thécla! Hélas! partie! et mon œil attristé
> Cherche son front plus doux qu'un rayon de l'été!
> Ah! notre vie à deux pouvait être si belle!
> Oui, sous les pleurs pieux de son amour fidèle,
> Le stigmate de mon passé.
> Se serait un jour effacé!...
> Soif du vin!... soif du jeu!... fièvre ardente et maudite!
> Mais non! c'est seulement demain qu'elle me quitte!
> Un mot, et je puis pour toujours
> Ressaisir dans mes bras l'ombre de mes beaux jours.
> Allons! j'entends sa voix chérie,
> A genoux elle est là qui prie...
> Si je priais aussi! Ma mère chaque soir
> Me faisait autrefois réciter ma prière!...
> Et mon ange gardien me fermait la paupière

En me soufflant au cœur des paroles d'espoir !
Essayons... si quelqu'un me voyait !... Que m'importe !

(Essayant de prier.)

Mon bon Dieu !... je ne puis... ma jeunesse est bien morte !
Des pleurs sans foi tombent seuls de mes yeux,
Et ma voix ne sait plus ces mots qui vont aux cieux.

(Avec rage.)

Eh bien donc que l'enfer m'écoute et me réponde !...

(Il prend son cornet et ses dés.)

Objet de ma haine profonde...
De mes maux, infernal auteur,
Péris, vil instrument de honte et de malheur !

(Il jette son cornet et ses dés dans le feu, une flamme brillante s'élance de la
cheminée et rejette sur la scène le démon Astaroth. Costume mi-parti
rouge et gris semé de cartes à jouer.)

SCÈNE IX

ULRICH, ASTAROTH.

ASTAROTE, lui rendant ses dés.

Garde ces dés, pas de sottise !
Ils pourront te servir bientôt.
(Railleur et le regardant.)
Laisse là tes airs de surprise
Je suis le démon Astaroth !

ULRICH, stupéfait.

J'ai cru de ce feu qui petille
Voir sortir Magnus...

ASTAROTH.

Magnus, bon!
Ne sais-tu pas qu'il est de ma famille?
Tout usurier est cousin du démon...

ULRICH.

Qui t'amène?

ASTAROTH.

Je viens te sauver...

ULRICH.

Toi?

ASTAROTH.

Sans doute.
N'es-tu pas mon fidèle? Écoute!
Je n'éveillerai pas, afin de t'éblouir,
Le souvenir des biens dont je t'ai fait jouir.
D'ailleurs, tu les connais, ces nuits folles, ardentes,
Pleines de bruits, de voix stridentes,
Où l'aube, se montrant aux vitraux entr'ouverts,
Te retrouvait debout devant les tapis verts.
Des âcres voluptés du gain et de la perte
Tu t'es enivré tour à tour!...
Aux coups du sort ta tête s'est offerte,
La veine heureuse allait avoir son jour!...
Au moment d'enchaîner la fortune incertaine
Tu quittes le combat en mauvais capitaine.
Soit, je garderai, moi, pour mes féaux, des dons
Que ne méritent pas de lâches abandons!
Ça, qu'en dis-tu?...

ULRICH.

Je dis... qu'un infernal prodige
Terrasse en ce moment mes sens irrésolus!...
Mais que ce soit vérité, vain prestige,
Va-t'en... je ne t'écoute plus!...

C'est en vain que tu veux m'entraîner dans le piége,
Ta vöix n'a plus d'écho en mon cœur transformé ;
　　J'ai contre l'enfer qui m'assiége
Un divin talisman... j'aime, je suis aimé !

ASTAROTH, riant.

　　C'est touchant!... permets que je rie...
Ulrich le débauché tourne à la bergerie !...
　　Les vieux loups s'en mêlent parfois...
　　Et quel est le rusé minois
Qui fait girouetter une aussi forte tête?...
　　Ces chers petits... à quand la fête?...
　　Je leur servirai de témoin !
Il me semble les voir grignotant dans un coin
Leur amour pastoral et leur pain de misère...
Qu'est-ce que la richesse auprès d'un tel destin !
Pauvre sot, tu viendras me dire un beau matin
Tes regrets et...

ULRICH.

　　Tais-toi, ta raillerie amère
Ne saurait m'ébranler, et contre ton pouvoir
Dieu sera le plus fort !...

ASTAROTH, à part.

　　Nous allons bien le voir !

(Il jette sur la table des rouleaux d'or qui s'éparpillent, Ulrich regarde avec
stupeur.)

DUO.

　　Allons, dansez,
　Pour qu'on vous réponde,
　　Vite commencez
　Votre infernale ronde.
　　Cette âme timide
　Veut m'échapper encor,
　Emportez-la rapide
　　Dans votre essor.

ULRICH, *regardant l'or qui ruisselle sur la table.*

O folle musique,
Ronde satanique
Au rhythme magique,
Au sinistre accord!
Mon âme qui doute,
Malgré moi l'écoute,
Et tu viens, sans doute,
Fauve éclat de l'or,
Pour me perdre encor.

(*Vivement.*)

Éloigne toi...

ASTAROTH.

Non, sur ma foi !

ULRICH.

Qu'espères-tu ?

ASTAROTH.

Sois sans effroi !...
Car je vais jouer seul... (*A part.*) École sur école !
Si je poursuis encor moi-même je me vole !

ULRICH, *fasciné.*

Je sens s'échapper ma raison !

ASTAROTH.

Vois un peu comme je suis bon !
Je crois en ta parole
Et je te fais crédit.

ULRICH.

Tu me feras crédit?...
Eh bien!

ASTAROTH.

Eh bien?

ULRICH.

Jouons!...

ASTAROTH.

C'est dit.

ULRICH, fasciné.

A moi tous ces biens!
Démon de l'or, à toi je viens!

ENSEMBLE.

ASTAROTH.	ULRICH.
Enfin il y vient,	Charmé par ces biens,
Son sort m'appartient.	Malgré moi je viens,
Triomphant espoir,	Et pour en avoir
Bientôt ici je vais le voir	Je n'ai qu'à vouloir.
Par mon pouvoir	Mais à cet espoir
Trahir son devoir.	S'enfuit le devoir.
Voici qu'il y vient,	A moi tous ces biens,
Son sort m'appartient.	A toi je viens!

ASTAROTH.

Jouons!

ULRICH.

Jouons!

ASTAROTH.

Neuf! c'est à toi.

ULRICH.

Dix! j'ai gagné; tout cet or est à moi!

REPRISE DE L'ENSEMBLE.

ASTAROTH.

Doublons!

ULRICH.

Soit!

ASTAROTH.

La veine est changée.

ULRICH.

Rendre cet or, jamais! Dans la lutte engagée
Ce n'est pas moi qui faiblirai;
Contre le sort je lutterai.
Plus rien!

ASTAROTH.

Contre l'enjeu du diable
Un joueur doit toujours tenir.

ULRICH.

Veux-tu mon sang, mon avenir?...
Mon âme, enfin?...

ASTAROTH.

Fi donc! c'est pitoyable.
On n'offre plus ces choses-là.

ULRICH.

Que veux-tu donc?

ASTAROTH.

Thécla!..

ULRICH.

Thécla! Ah! ce serait infâme!

ASTAROTH.

Et tu viens de m'offrir ton âme,

ULRICH.

Mon âme était à moi! pardieu!
Mais Thécla n'appartient qu'à Dieu!

ASTAROTH.

Attends un peu!

ENSEMBLE.

ASTAROTH.	ULRICH.
Allons, dansez, etc., etc.	O folle musique, etc., etc.

SCÈNE X

ULRICH, ASTAROTH, THÉCLA.

ASTAROTH.

Viens !

TRIO.

ULRICH.

Je me perds si je cède.
Thécla, ma sœur,
Viens à mon aide.

ASTAROTH.

Rage et fureur !

ULRICH.

Thécla, ma sœur, viens!

THÉCLA.

Me voici!

ULRICH.

Thécla! mon Dieu! merci!

2.

THÉCLA, près d'Ulrich.

Sa voix est la voix du crime.
Fuis! tu serais sa victime.
Céde au transport qui m'anime.
Un jour radieux
Luit encor aux cieux.

ASTAROTH, de l'autre côté.

Ton sort m'intéresse,
Fuis les vains propos
Et les discours dévots
Des sots.
La fortune nous caresse;
C'est la douce enchanteresse
Qui fait à notre paresse
Un joyeux repos.

ULRICH.

Voix sombre du doute,
Lorsque je t'écoute
Je cherche ma route
Et ne la trouve pas.

ASTAROTH.

Pourquoi cet embarras?
Fais ce que je te dis... tu verras.

THÉCLA.

Viens, Dieu t'ouvre encore ses bras.

ENSEMBLE.

THÉCLA.

Sa voix est la voix du crime.
Fuis, tu serais sa victime!...
Cède au transport qui m'anime.
Un jour radieux
Luit encore aux cieux!

ASTAROTH.

En tous lieux sur tes pas
  Semant les ducats,
Tu seras, sur ma foi,
  Plus riche qu'un roi.
Les plaisirs, les amours
  Vont charmer tes jours.
Pour cela, pauvre sot,
Il suffit d'un seul mot.

ULRICH.

Sous mes pas s'ouvre l'abîme,
Fuyez, remords, vaine estime ;
  Je commettrais un crime
    Pour avoir cet or
    Qui m'attire encor.

ASTAROTH.

Au jeu !

ULRICH, repoussant Thécla.

C'est dit : Thécla contre cet or.

ASTAROTH, riant.

C'est un trésor pour un trésor.

ULRICH.

Cinq !

ASTAROTH.

  Dix !

ULRICH.

Ah ! j'ai perdu !

ASTAROTH.

          La partie est gagnée !

THÉCLA.

Je te l'avais bien dit.
Au nom de ta mère indignée
    Sois maudit !

THÉCLA, ULRICH et ASTAROTH.

Jusqu'au fond de l'abîme
Il est } tombé par le crime.
Je suis }
Viens, démon, prends ta victime.
  Le ciel sans retour
  Se ferme en ce jour.

          (Astaroth s'engloutit avec Thécla).

SCÈNE XI

ULRICH, seul. — Musique à l'orchestre.

Thécla! pour un peu d'or c'est moi qui t'ai vendue!...
Ah! je l'aime encor plus après l'avoir perdue!...
Esprit du mal, je veux l'arracher de tes bras!
Thécla!

ASTAROTH, paraissant au bord de la fenêtre.

Viens! près de moi tu la retrouveras.

ULRICH, insensé.

Le suicide seul m'a répondu!... L'abîme
Est là... tout près. Démon, prends ta victime!

(Il s'élance par la fenêtre.)

SCÈNE XII

ULRICH, puis THÉCLA.

Après un silence, le jour commence à poindre; — une musique douce se fait
entendre; — Thécla paraît.

THÉCLA.

Voici le jour!... allons, c'est l'instant du départ!.. (Elle
va ouvrir les rideaux.) Ulrich!... Il dort encore!... Disons-lui
un dernier adieu! (Elle lui baise la main.) Ulrich!

ULRICH, sur son lit.

Thécla!

ULRICH, s'éveillant et très-agité.

C'est moi! je vis!!! c'était un rêve!... (Appelant.) Thécla!...
(En ce moment il voit Thécla devant lui immobile et silencieuse.) Je suis
sauvé!

THÉCLA, avec joie.

Sauvé !...

ULRICH, debout.

Pendant que tu priais... mais comment te conter cela?...
Dieu sans doute m'a parlé... j'ai... quelle leçon terrible!...
Enfin, je suis changé... je t'aime et je t'épouse!

THÉCLA, joyeuse.

Quoi?... vous voulez de moi?

ULRICH.

Oui... car je suis guéri!... (Courant à la fenêtre.) Tu vois le
jour qui se lève au ciel!... eh bien, il se lève aussi dans
mon cœur.

THÉCLA.

Bien vrai? Vous travaillerez et vous ne jouerez plus?...

ULRICH, jetant les dés par la fenêtre.

Tiens, voilà ma réponse, et cette fois le diable ne me
les rapportera plus. (La cloche commence à sonner.)

THÉCLA.

Ulrich, entendez-vous?

ULRICH.

Si j'entends?... c'est la cloche qui sonne notre mariage!...

FINAL.

ENSEMBLE.

ULRICH et THÉCLA.

Pour chanter nos amours constants,
Sonne, sonne pendant longtemps;
Vieux bourdon, ta chanson fidèle
Est si belle!

SCÈNE XIII

ULRICH, THÉCLA, Chœurs.

ULRICH, THÉCLA.

Pour chanter nos amours constants, etc.

CHŒUR.

Accourez, voici le printemps, etc.

ULRICH.

Et maintenant on nous attend là-bas !
En route ! allons !

MAGNUS, entrant.

Vous ne sortirez pas !

SCÈNE XIV

LES Mêmes, MAGNUS.

MAGNUS.

La, la, mes tourtereaux, vous pensiez que je vous laisserais roucouler?... Avant de danser, mes petits, il faut payer!...

ULRICH.

Lui! toujours lui... qui vient m'entraîner!...

MAGNUS.

En prison, voilà tout!... Reprenez donc ces dés qui viennent de me tomber sur la tête!...

THÉCLA, s'en emparant.

Donnez! Combien vous doit Ulrich ?

MAGNUS.

Deux cents florins, réglés par bonne et légale sentence...

THÉCLA, qui est allée ouvrir le bahut.

Les voici!

ULRICH, surpris.

Cet argent dans tes mains!...

THÉCLA.

Oui, lorsque vous reveniez échauffé par le vin, par le jeu, vous graviez sur des planches des choses que vous jetiez dans un coin. Moi, j'avais deviné que c'étaient des chefs-d'œuvre, monsieur Magnus aussi... je les lui ai vendus.

MAGNUS, riant d'un rire forcé.

Fort cher!... Comment, c'est moi qui... c'est fort drôle... c'est fort plaisant!...

ULRICH, avec joie.

Alors, j'ai du talent, nous pouvons être riches!... Thécla, ma protectrice!... (A Magnus.) Et toi, vieux diable, à qui je dois tout mon bonheur, touche là, tu danseras à ma noce!...

MAGNUS, retirant sa main.

Merci! c'est bien assez d'avoir payé vos violons!...

CHŒUR.

Pour chanter leurs amours constants,
Sonne, sonne pendant longtemps;
Vieux bourdon, ta chanson fidèle
Est si belle!

(Le cortége se met en marche, Ulrich, donnant le bras à Thécla, est à la tête
de la foule. Magnus les regarde défiler avec dépit.)

FIN

1963 — PARIS. IMPRIMERIE DE ÉDOUARD BLOT, RUE SAINT-LOUIS, 46.

www.ingramcontent.com/pod-product-compliance
Ingram Content Group UK Ltd.
Pitfield, Milton Keynes, MK11 3LW, UK
UKHW021016120726
13693UKWH00005B/2008